POÉSIES INÉDITES

DE

F.-J. DE CHANCEL-LAGRANGE

PUBLIÉES PAR

JULES DELPIT

Portrait à l'eau-forte de P. TEYSSONNIÈRES.

PARIS

LIBRAIRIE ÉDOUARD ROUVEYRE.

1, RUE DES SAINTS-PÈRES, 1.

SAUVETERRE

J. CHOLLET, IMPRIMEUR-ÉDITEUR

—

M DCCC LXXVIII

+Y

POÉSIES INÉDITES

DE

F.-J. DE CHANCEL-LAGRANGE

JUSTIFICATION DU TIRAGE

Tiré à   4 exemplaires sur papier de Chine.
         20   —   sur papier de Hollande.
        350   —   sur papier vergé.
        100   —   sur papier vélin.

N°

POÉSIES INÉDITES

DE

F.-J. DE CHANCEL-LAGRANGE

PUBLIÉES PAR

JULES DELPIT

Portrait à l'eau-forte de P. Teyssonnières.

PARIS

LIBRAIRIE ÉDOUARD ROUVEYRE,

1, RUE DES SAINTS-PÈRES, 1.

SAUVETERRE

J. CHOLLET, IMPRIMEUR-ÉDITEUR

—

M DCCC LXXVIII

INTRODUCTION

L'annonce d'œuvres inédites et considérables d'un poëte, qui, sous le nom de LAGRANGE-CHANCEL, jouit depuis plus d'un siècle d'une célébrité incontestée dispense de toute autre appréciation et mérite d'attirer la sérieuse attention des littérateurs et des historiens.

Il est inutile d'entreprendre à cette occasion d'écrire la vie du poëte, biographie qui reste encore à faire malgré les travaux estimables dont elle a été l'objet, il suffira de constater :

Que la verve de l'auteur des Philippiques devenu septuagénaire, n'était pas beaucoup affaiblie;

Que l'intérêt du sujet, descendu des hauteurs d'un changement de dynastie chez un grand peuple aux petites péripéties de la vie d'un simple gentilhomme, *y* est remplacé par la sâveur piquante des anecdotes relatives à l'histoire locale ;

Qu'il résulte de la composition du principal poëme, jusqu'ici resté inédit, que la muse de l'auteur des Philippiques distillait dans sa vieillesse contre ses ennemis personnels le même genre de fiel qu'elle avait dans sa jeunesse distillé contre le Régent. Par conséquent l'existence de François-Joseph de Chancel constitue un de ces cas de psychologie pathologique qui ont été si fréquents chez les poëtes que l'antiquité elle-même les avait remarqués.

François-Joseph de Chancel, seigneur de Lagrange, était né en 1677, il avait donc 69 ans, en 1746, époque vers laquelle il composa ces poésies inédites, et, son fils, Charles-François-Victor de Chancel, seigneur de Nizor, né en 1719, était à peine âgé de 27 ans quand il se maria, malgré son père, avec demoiselle Marie Martin, de Nantiac, près de Limoges.

M. de Chancel, père, accoutumé à faire des demandes en vers aux princes et aux ministres, eut l'idée singulière d'essayer le pouvoir de sa poésie sur les magistrats chargés de décider de la validité du contrat de mariage de son fils ; il présenta ses mémoires, placets et requêtes, écrits en vers, et son fils, qui écrivait aussi en vers avec une grande facilité, suivit l'exemple de son père. Ce fait curieux était connu des biographes; mais trois pièces seulement de ce dossier poétique avaient été publiées. Nous les réimprimons, parce qu'elles sont peu connues, et qu'elles servent à mieux faire comprendre la portée et le but du long poëme inédit que M. de Chancel, père, indigné de la perte de son procès devant le Parlement, crut devoir adresser à la Cour de Cassation des Muses, sous le titre peu harmonieux de LA LEMOVICADE.

Les différentes pièces de vers composées à l'occasion de ce curieux procès avaient été soigneusement recueillies par un des principaux avocats du barreau de Bordeaux à cette époque, Jean-Antoine-Delphin de Lamothe, l'un des auteurs des célèbres commentaires sur les Coutumes du ressort du Parlement de Guyenne, jurisconsulte érudit, artiste distingué et poëte à ses heures. C'est son fils, M. le docteur Victor de Lamothe du Gravier, qui m'a donné ce précieux recueil, écrit tout entier de la main de l'auteur des Coutumes.

Peu de temps après la perte du procès qui avait si vivement excité la verve poétique de Jean-François de Chancel, le poëte adressa encore des vers au Ministre des finances, et au Roi lui-même, pour obtenir le dégrèvement de quelques impôts dont il s'était cru exempté. Les lettres en prose et *les placets en vers, écrits en cette occasion existent encore aux Archives départementales de la Gironde (Série C. Intendance, n° 3216). M. A. Gouget, archiviste du département, a bien voulu m'en signaler l'existence et j'ai cru devoir publier ces documents acr les autographes de Jean-François de Chancel sont très-rares. D'ailleurs dans ce dernier placet au Roi le vol du poëte paraît s'être élevé à des hauteurs comparables à toutes celles qu'il a jamais atteintes.*

Jules DELPIT.

MÉMOIRES,

REQUÊTES, PLACETS, &ª.

PUBLIÉS EN VERS

Dans le Procès en nullité de Contrat de Mariage,

Intenté devant le Parlement de Bordeaux,

PAR

Messire François-Joseph DE CHANCEL,

SEIGNEUR DE LAGRANGE, ANTONIAT, ETC.

CONTRE

Messire Charles-François-Joseph-Victor DE CHANCEL,

SEIGNEUR DE NIZOR, son fils,

Et Demoiselle Marie MARTIN, de Nantiac, près Limoges.

1746

A MONSIEUR BOUCQUIER,

Célèbre Avocat du Parlement de Guienne. (1)

ODE.

Toi, qui du fameux Cicéron
A l'éloquence naturelle,
Fais-en briller quelque étincelle
Pour un disciple d'Apollon.

Devant un tribunal auguste
Défens un Père infortuné,
Que poursuit un fils suborné
Par une amoureuse Locuste.

(1) Cette pièce et les deux suivantes publiées par M. Souffrain : *Essais sur Libourne*, t. IV, p. 432, ont été réimprimées par M. de Lescure, dans sa nouvelle édition des *Philippiques* : 1868, in-18, p. 421.

Quel sujet de gloire et d'orgueil,
Pour celle que rien n'effarouche,
D'entraîner le fils dans sa couche,
Et le père dans le cercueil !

Plus humain fut l'art d'une Scythe,
Par qui le père de Jason
Recouvrant sa jeune saison,
S'éloigna des bords du Cocyte.

Jadis, pour déffendre mes jours,
Je rendis ma course célèbre,
Depuis le Pô, le Tage et l'Hèbre,
Jusqu'où l'Amstel finit son cours.

J'ai bravé, nouveau roi d'Itaque,
Les monstres qui l'ont combattu :
Mais je pers toutte ma vertu
Quand je vois la main qui m'attaque.

Souvent aux auteurs de leurs jours,
A leurs avis les plus utiles,
On a vu des fils indociles,
Préférer de folles amours;

Mais jamais dans les coups sencibles
Par qui mon cœur est déchiré.
Le soleil n'avoit éclairé
Des circonstances si terribles.

Jamais un himen malheureux
Augmentant les causes célèbres,
N'alumà ses torches funèbres
Sous des auspices plus affreux.

D'une famille désolée
Préviens le malheur assuré,
En imposant un frein sacré
A la nature violée.

Fais sentir les indignitez
De cette longue tollerance,
Qui ne fait plus voir dans la France
Que des Absalons révoltez.

Ennemi des femmes hardies,
Montre qu'il n'apartient qu'à toy
De faire retracter la loy
Qui couronne leurs perfidies.

Prête-moi tes soins généreux,
Pour tirer de cet esclavage
Un fils dont le jeune courage
Méritoit un sort plus heureux.

Pour lui rendre son premier lustre,
J'irois au bout de l'univers,
Malgré les glaçons des hivers,
Et ceux de mon quinzième lustre.

Ainsi, par ses vers triomphans,
Sophocle, au déclin de son âge,
Confondit dans l'Aéropage
La révolte de ses enfans.

D'un Sénat qui par ses maximes
Se fait encor plus révérer,
Que ne dois-je point espérer,
Quand ton art soutiendra mes rimes ?

Faisons triompher en ce jour
La Poésie et l'Eloquence :
Elles sont trop d'intelligence
Pour ne pas s'aider tour à tour.

BOUCQUIER, sois sûr que pour tes peines
Je rendrai ton nom si fameux,
Qu'il sera cher à nos neveux,
Comme celui de Démosthènes.

LAGRANGE-CHANCEL.

A NOSSEIGNEURS

DU PARLEMENT DE GUIENNE

Vous, chés qui la Nature est toujours assurée
    De faire triompher ses droits,
Et qui nous consolez de l'absence d'Astrée,
    Par la justice de vos loix,
    Concevez la rigueur extrême
    Dont le sort m'accable aujourd'hui,
    Puisque j'implore votre apui,
    Contre la moitié de moi-même.

    Mais puis-je mieux avoir recour,
    Pour soulager mon infortune,
    Qu'à ceux avec qui tous les jours
Le même évènement peut la rendre commune?

Père de deux fils généreux,
Je croyois mon destin plus heureux que le vôtre;
Lorsque me condamnant à les pleurer tous deux,
Mars m'a privé de l'un, et Vénus m'ôte l'autre.
L'un qui faisoit tous mes plaisirs,
Sur les rives du Mein conduit par sa vaillance,
Soutint les armes de la France
Jusqu'au dernier de ses soupirs.

L'autre, oubliant les dons que lui fit la nature,
A quitté de l'honneur l'héroïque sentier
Pour s'abandonner tout entier
Aux fureurs d'un amour dont sa gloire murmure.

Encor si son objet, vous étant présenté,
Pouvoit par ses apas entraîner vos suffrages!
Je connois le prix des hommages
Qu'on rend partout à la beauté!
Quand au Conseil de Troye on fit venir Hélène,
Chaque juge envia le bonheur de Paris;
Mais dans quel Tribunal peut-on au même prix,
Voir un jeune guerrier que la Laideur enchaine?

Laideur, poison des yeux, mère du repentir!
Quelle est la science terrible
Qui t'aprend l'art d'assujettir
Un cœur qu'à la beauté tu sçais rendre insensible?

L'Amour, le tendre Amour n'a point formé ces nœuds,
    Ennemi du dieu de Cithère,
C'est un monstre échapé du séjour ténébreux,
Dont au lieu de Vénus Alecton est la mère;
C'est par lui que les fils, par de folles ardeurs,
    Se révoltent contre leurs pères;
    Et que l'himen, au lieu de fleurs,
    N'est couronné que de vipères.
    Des plus saints droits des nations,
    C'est lui dont la fureur se joue,
    Pour prétexter des unions
    Que le juste ciel désavoue.

Que dis-je? c'est par lui qu'un fils deshérité,
    Quand sa manie est satisfaitte,
    Dans le sein de la pauvreté
Pleure inutillement la faute qu'il a faitte.

Vous seuls, par un arrêt qui dessille ses yeux,
Pouvez rompre le charme, auteur de ma ruine,
Où ce nouveau Roger, dans les piéges d'Alcine,
    Flétrit le nom de ses ayeux.

    Rendez-lui ce noble courage
    Qui l'a signalé tant de fois,
    Avant qu'un indigne naufrage
De sa raison captive eut étouffé la voix.

Entre ce fils et moi, mon âme désolée
    Sollicite votre pouvoir
De soumettre les droits que chacun croit avoir,
    A votre famille assemblée.
Il est certains secrets qu'on ne peut déposer
    Que dans l'enclos de ses murailles,
Et qu'un père au dehors ne sçauroit exposer,
    Sans se déchirer les entrailles.

Si les Grecs, de Chrisés exaucèrent les vœux,
    En brisant les fers de sa fille :
    Vous pouvés détourner, comme eux,
    Le déshonneur de ma famille.

Des lauriers d'Appollon si longtems couronné,
    Que me sert ma gloire passée,
    Si mon déclin est condamné
A voir, comme Priam, ma maison renversée ?
Enfin quand de mes pleurs j'arrose vos genoux,
Arbitres de mon sort, songez que je suis père,
    Et qu'à la plupart d'entre vous,
Les Dieux ont imprimé ce sacré caractère.

Ainsi puissent vos fils, plus pleins de piété,
Ne vous point exposer aux chagrins que j'éprouve
    En formant un nœud détesté
    Par la loi même qui l'aprouve !

        LAGRANGE-CHANCEL

ÉLÉGIE

DE M. DE LAGRANGE

Muses, qui dans ces murs que baigne la Garonne
M'apprîtes à marcher sur les traces d'Ausonne
Verrez-vous sans frémir les rigueurs de mon sort,
Qu'un arbre de Cybelle y conspirant ma mort
Pour un vil rejetton qu'il couvre de son ombre
Précipite mes pas sur le rivage sombre?

Encor si je pouvois aux portes du trépas
Voir mon fils, l'embrasser, et mourir dans ses bras,
Dans ce genre de mort je trouverois des charmes;
Mais, ô foible douceur qu'on refuse à mes larmes!
Celle qui le retient dans ses honteux liens
Craint dans notre entrevue et mes pleurs et les siens
Elle voit si sa proye étoit hors de ses piéges
Que le sang reprendroit ses sacréz priviléges

Et que dans ce Renaud le mépris et l'horreur
Succéderoient bientost à son aveugle erreur.

Vous, qui favorisez mes saintes entreprises,
Vous par qui de Thémis les lois nous sont transmises,
A ceux qu'elle a choisi pour cet illustre employ
Inspirez la pitié qui vous parle pour moy,
Et forcez-les de rendre à ma pieuse envie
Un fils de qui dépend ou ma mort ou ma vie.

LAGRANGE-CHANCEL

APPARITION DE THÉMIS

IDILLE

Accablé des horreurs qu'à mon ame opréssée
Inspiroit de mon fils la révolte forcée
D'un sommeil assez doux les tranquilles pavots
Avoient interrompu le cours de mes sanglots,
Quand Thémis tout à coup à mes yeux s'est montrée
Non comme on nous dépeint Junon ou Cithérée,
Mais son front plus brillant que le flambeau des cieux
Réünissoit l'eclat de touts les autres Dieux.

Ne crains point, me dit-elle, un jugement sinistre,
Celuy qui de mon temple est le premier ministre
L'auguste Leberthon chérit trop la vertu
Pour ne pas relever ton espoir abbattu;
Et quand tout l'univers est plein de ses éloges

2

Livreroit-il ton fils aux philtres de Limoges ?
Tu vois en d'Albessard, son digne compagnon,
Un cœur que j'ay rempli de l'esprit de Caton.

Te diray-je les noms des autres personnages
Qui du Sénat romain sont les vives images ?
Les Chimbauds, les Grissacs, les Patys, les Dussauts,
Les celebres Pontacs, les sages Dénanots,
Lamontagne, Viaud, Lalande, d'Abadie,
Navarre, de Marans, Richon et Laboirie.
Deux pretres du Seigneur qu'un zèle tout chrétien
De son temple sacré fait passer dans le mien.
De Lancre, imitateur des vertus de sa race,
Et Caupos, couronné des lauriers du Parnasse ;
Fier de tant de secours ne crains plus les complots
De la reine d'Erice, (1) et du roy de Lemnos. (2)

Il est vray qu'en Pichard le ténebreux rivage
A voulu t'enlever un illustre suffrage,
Mais un nouveau Nestor (3) en qui le poids des ans

(1) Par la *reine d'Erice*, le poëte entend Vénus qui était
adorée sur le mont Erix, et désigne madame Dupin,
femme du secrétaire de l'Intendance.

(2) Monsieur Dupin des Lézes, secrétaire de l'Intendance, mari aussi malheureux que Vulcain sous l'image
duquel on le représente.

(3) M. de Combabessouze, conseiller au parlement,
beau-père de M. de Pichard.

N'a rien encor oté de ses jours florissants
N'en sera pas moins prompt à prendre ta deffense.
Son gendre de ses soins sera la récompense,
Et ses jours par mon aide arrachéz à la mort
Montreront l'intérest que je prends à ton sort.

Interprête éloquent des loix de la déesse
D'Albessard, c'est à toy d'accomplir sa promesse,
Rends un fils que j'adore à mes embrassements
Et fais cesser le cours de ses égarements;
Tu seras renommé dans la race future
Pour avoir soutenu les droits de la nature.

LAGRANGE-CHANCEL

A NOSSEIGNEURS

DU PARLEMENT DE GUIENNE (1)

Vous, dont les Arrêts équitables
Sont rendus sur des faits, et non sur des discours,
   Et de qui les mains charitables
Aux humains opprimés accordent leurs secours,
Ayez pitié d'un fils digne de quelqu'estime,
Qu'un nouvel Abraham conduit sur un bucher :
Le Ciel n'exige point une telle victime :
Anges liberateurs, venés m'en arracher !
Mais, que dis-je, Abraham ? Cette cérémonie
A ses pieux desseins m'auroit trouvé soumis ;
C'est un Agamemnon qui livre Iphigenie
Pour les frivoles biens que Calcas a promis.

(1) Cette pièce est la seule dont nous possédons un
exemplaire imprimé ; elle a été réimprimée par messieurs
Souffrain et de Lescure.

En nouveau Marsias je ne prends point la lire
Pour disputer un prix dont je suis peu jaloux ;
    Mon cœur par mes vers ne desire
Que d'émousser les traits qu'a lancés son courroux ;
Je cede volontiers le funeste avantage
    D'imiter ce peintre fameux
Qui, pour faire une belle image,
Perça sur une croix un mortel malheureux :
    Le Chef-d'œuvre de ce délire
    N'en peut effacer la fureur,
    Au moment même qu'on l'admire,
    On sent une secrette horreur.

    Ah ! loin d'être un enfant rebéle,
    Tel qu'il me dépeint à vos yeux,
Au peril de mes jours, il a vû de mon zéle
    Des témoignages glorieux.
    L'amour si fidéle et si tendre
    Dont il deteste le pouvoir,
    Quand il s'agit de le défendre
    L'emporta-t'il sur mon devoir ?

Ecoutai-je sa voix, lorsqu'une main perfide
Eut flétri les lauriers qui lui ceignent le front ?
Ma prompte pieté, prenant l'honneur pour guide,
    Vola pour laver cet affront.

Tous les maux que m'a fait cette illustre vengeance,
 Ne sçauroient-ils toucher son cœur?
 Croit-il affermir sa puissance
 En coupant son bras défenseur?

 Ma liberté devant être enchaînée
Sous un joug éternel dont je fus allarmé,
Avant de me soumettre aux loix de l'Hymenée
Je voulus être sûr d'aimer et d'être aimé.
 Je me rendis à la puissance
 D'un objet qui sçut me charmer,
Et qui joint à l'éclat d'une noble naissance
Toutes les qualités qui la font estimer :
Sa vertu, sa douceur que jamais rien n'altère,
Son esprit, sa tendresse, et sa fidelité,
 Sont des trésors que je préfere
Aux attraits passagers dont brille la beauté.

Dans mes adversités cette nouvelle Alceste
Immola sa fortune au soin de mon amour :
Sur le point de sortir d'un abîme funeste,
Je voulus me montrer généreux à mon tour.
Après plus de dix ans d'une constante flâme,
Je fis part de mon choix à l'auteur de mes jours;
Il approuva les feux qui remplissoient mon ame,
Sur son consentement ma foy suivit leur cours.

Noble imitateur de Rodrigue,
Mon exil me tenoit sur des bords Affriquains;
Animé par l'espoir qu'un pere me prodigue,
J'intéressai Themis à m'ouvrir les chemins.
Deplorable secours que j'arrosai de larmes!
    Je ne fus pas en liberté,
Que le sein paternel qui m'offroit tant de charmes,
M'accueille en m'accablant de son autorité :
    Armé d'une rigueur extrême,
Pour me payer du sang que pour lui j'ai versé,
Il veut, en m'arrachant des bras de ce que j'aime,
Assujétir mon cœur dans un hymen forcé.

Ma probité s'oppose à mon obéïssance :
    Je lui demande pour tout bien,
Si je dois renoncer au prix de ma constance,
Qu'il ne m'opprime pas sous un nouveau lien.
    La liberté que je désire,
A ses yeux prévenus, est encor un forfait;
    Me dèshériter, me proscrire,
De son injuste haine est le funeste effet.

    Un fils qui l'aime et le revere
    Se jette en vain à ses genoux,
Mes pleurs, loin d'émouvoir ses entrailles de pere,
    Ne font que redoubler ses coups.

Sa colere semble s'accroître
Par les chagrins dont je gemis;
Il la porte à m'offrir le parjure, ou le cloître,
Et pour les éviter, je vole vers Thémis.

Celebres Senateurs d'un Parlement illustre,
Ouvrés vos cœurs à mes soupirs,
Et daignés confirmer à mon septiéme lustre
Le droit pour mon hymen de suivre mes désirs :
L'approbation paternelle
M'auroit sans doute plus flaté,
Mais ne pouvant compter sur elle,
J'attends tout de votre équité.

CHANCEL, Fils.

SONNET [1]

D'un fils infortuné pere trop malheureux,
Pere, et fils, l'un et l'autre également à plaindre,
Quelle fatalité vous arme touts les deux
Et vous fait à la fois vous aimer et vous craindre?

La nature dans l'un désapprouve des feux
Que dans l'autre l'amour ne permet plus d'éteindre.
L'un, attaque à regret qui s'oppose à ses vœux,
L'autre, luy rend les coups dont il craint de l'atteindre.

Combat non moins funeste au vainqueur qu'au vaincu.
Cruelle incertitude, où te borneras tu?
L'un et l'autre se flatte et craint ce qu'il espère!

Dieux, prèvenez leur sort; si l'un obtient le prix,
Tendre amour, chargez vous de consoler le fils,
Et vous, juste Thémis, de consoler le père.

(1) Ce sonnet n'est pas signé et pourrait bien être
l'œuvre personnelle de M. J. A. D. de Lamothe.

REMERCIEMENT

DE M. LAGRANGE A M. DE COMBABESSOUZE,

DOYEN DU PARLEMENT DE BORDEAUX,

Au sujet de la remise de quelques pièces de son procès contre son fils. (1)

Doyen d'un tribunal auguste
Dont tant d'arrêts fameux signalent l'équité,
Tu fais voir qu'Aristide avoit moins mérité
    De porter le titre de juste.

    On t'a vû non moins vertueux
    Combattre la fausse éloquence
    Qui, dans ses piéges tortueux,
    Croyoit entrainer ta prudence.

(1) Ces pièces restées entre les mains de M. d'Albessard, avocat-général, qui avait conclu contre M. de Chancel, père, étaient probablement les lettres en chiffres, dont le père s'était servi et qui étaient arguées de faux.

Quand tes efforts ont été vains,
Pour le reste de mon nauffrage
Que retenoient d'injustes mains
On t'a vû le même courage.

Aussi mon cœur pour toy tendre et respectueux
Peut enfin dans le sein de mes dieux domestiques
De mes lauriers infructueux
Déposer les tristes reliques.

J'ay le plaisir de voir que cette illustre Cour
Par tes soins généreux a reconnu l'injure
Que cet orateur de l'amour
A fait servilement aux loix de la nature.

Avant le coup que m'ont porté
Ses invectives fabuleuses,
Combien s'est-il joüé de ma crédulité
Par des caresses frauduleuses!

Que n'a-t-il point tenté pour m'ôter ton appuy?
Quels discours menaçants pour étouffer mes plaintes!
Jamais des sujets tels que luy
N'ont été dignes de mes craintes.

Qui n'a rien à se reprocher
Ne craint point d'injustes menaces,
Et le moindre ennemi peut faire trébucher
Ceux qui de la vertu ne suivent point les traces.

Beinac de sa noblesse eut remporté le prix
S'il avoit employé l'auteur de ma disgrace,
Et j'aurois triomphé de tous mes ennemis
Si Dudon plus rigide eut occupé sa place. (1)

Puisse-t-il voir le Ciel, justement irrité,
Le livrant aux fureurs de quelque Tisiphone,
De sa maison naissante abbattre la fierté
Par une bru pareille à celle qu'il me donne!

Et toy sage Doyen, digne du siècle d'or,
Puisse encor ta mâle vieillesse
Égaler les ans de Nestor
Dont tu surpasses la sagesse!

LAGRANGE-CHANCEL

(1) Quelques jours avant l'arrêt rendu contre M. de
Chancel-Lagrange, M. de Beinac, gentilhomme périgour-
din, perdit un procès parce que M. d'Albessard, qui devait
conclure en sa faveur ayant été malade fut remplacé par
M. Dudon qui conclut contre M. de Beinac.

LA LÉMOVICADE

ou

LE MARIAGE DE L'AMOUR ET DE LA PAUVRETÉ

Poëme héroïque en IV chants.

1746

CHANT PREMIER

Mères de l'Harmonie, infatigables Fées,
Par qui je sens encor mes veines échauffées,
Donnez assez de force à mes tristes concerts
Pour les faire voler au bout de l'univers.
Dites par quels ressorts ma vieillesse proscrite
Vit sa gloire attaquée et sa maison détruite;

Quel mortel, se liguant avec mes ennemis,
Abusa du pouvoir qu'il reçut de Thémis, (1)
Et comment ses excès m'ont forcé de connoitre
Qu'entre les plus grands saints on peut trouver un
[traître.
Et vous, portraits vivants de la Divinité, (2)
Dont tant d'arrêts fameux signalent l'équité,
Qui, surpassant la gloire et de Rome et d'Athènes,
Joignez tant de Catons à tant de Démosthènes,
Regardez cette ébauche où mon malheur est peint,
Comme l'éclat mouvant d'un flambeau qui s'éteint.
Souffrez qu'avant l'horreur d'une nuit éternelle
Je laisse à l'avenir ces marques de mon zèle
Et que mes derniers vœux et mes derniers accents
Entre les Dieux et vous partagent mon encens.
Pour délivrer un fils d'un honteux esclavage,
J'avois de la Garonne abordé le rivage
Et revu les ramparts où sur mes premiers ans
Apollon et ses sœurs versèrent leurs présents. (3)
Tout semblait m'annoncer un succès favorable.
On voyoit d'une part un père inconsolable
Implorer de Thémis les secours généreux
Pour ce fils retenu sur des bords malheureux,

---

(1) M. d'Albessard, avocat-général au civil, en 1746.
(2) Les membres du Parlement de Guyenne.
(3) François-Joseph de Chancel-Lagrange avait fait ses études à Bordeaux.

Où cinq gladiateurs se faisoient une joye
D'assurer à leur sœur une si belle proye. (1)

D'autre part on voyoit cette arrogante sœur,
Qui des peuples du Nil surpasse la noirceur,
Contre son sein énorme et sa vieille figure
Révolter le bon sens, l'amour et la nature. (2)
Que dis-je?... l'on voyoit, pires que sa laideur,
Ses écrits effrontés offenser la pudeur (3)
Et menacer mes jours, dont la longueur l'irrite,
D'un art qu'elle reçut des filles du Cocite. (4)

La pieuse Tourni (5) dont le cœur tout chrétien

---

(1) Mademoiselle Marie Martin, de Nantiac, près de
Limoges, avait cinq frères qui suivaient la carrière militaire.

(2) Charles-François-Victor de Chancel marié à mademoiselle Marie Martin, de Nantiac, a célébré lui-même
la solidité du teint de sa femme dans une épigramme sur
une dame, plus que brune, qui s'était fait peindre en
Diane :

> Jadis un peintre habile et sage,
> Pour ne pas offenser l'orgueil
> D'un prince déferré d'un œil
> Du profil inventa l'usage,
> Thémire, celui qui vous peint
> En déesse des bois, n'a pas moins d'artifice,
> Il représente un exercice
> Qui sert d'excuse à votre teint.

(3) Il parut dans le procès quelques lettres de mademoiselle Martin qui étaient pleines de pensées et d'expressions
extrêmement libres.

(4) M. de Chancel accusait sa bru d'avoir voulu l'em-
poisonner.

(5) Madame de Tourny, femme du célèbre Intendant,
était excessivement pieuse et n'aimait ni son secrétaire
M. Dupin, ni la cousine de celui-ci. Elle mourut en 1746.

Du mérite opprimé fut l'éternel soutien,
Des projets criminels vertueuse ennemie
De mes vils oppresseurs connoissoit l'infamie.
Souvent quand mes écrits étoient trop modérés
Elle y joignoit des traits que j'avois ignorés;
Et mes sujets de plainte, aidés par ses oracles,
A pénétrer les cœurs ne trouvoient plus d'obstacles.
Mais les tristes mortels, par un trop prompt trépas,
Perdirent ce trésor qu'ils ne méritoient pas,
Et cette ame si pure et digne de mémoire
Nous laissa dans le deüil et vola dans la gloire.
    Des nimphes qu'à sa suite attachoit leur devoir
Une, de ses appas distinguoit le pouvoir;
Le sang qui l'unissoit à l'objet de ma haine
Luy faisoit tout tenter pour me marquer la sienne. (1)
Les effets quelque temps en furent suspendus;
Mais dès l'instant fatal que Tourni ne fut plus,
Redoubla le désir de servir sa parente.
L'occasion qui s'offre est d'autant plus pressante
Que toute sa famille est un nombreux essaim
Livré six mois de l'an aux horreurs de la faim,
Touts imbus cependant (tant l'amour les abuse)
Qu'il vaut seul touts les dons que Cérès leur refuse.

---

(1) Madame Dupin des Lézes, épouse du secrétaire de
l'Intendance était cousine de mademoiselle Martin, de
Nantiac.

Alors, dans le palais promenant ses regards
Sur ceux qui pour son sexe ont de plus grands égards,
Et qui dans le besoin, mitigeant leur droiture,
Peuvent donner aux loix une double tournure,
Elle donne le prix, pour plus d'une raison,
Au collègue indulgent de l'austère Dudon ;
Et pour ne pas compter sur un espoir frivole,
Elle court à son gite ou plutost elle y vole.
Elle le trouve assis auprès d'un long bureau
Où ne paroissoit rien qui sentit le barreau,
Tant la pente au plaisir prenoit soin d'en exclure
Les sacs dont le dégoût précède l'ouverture.
Par des lettres d'emprunt il taxoit ses amis :
L'un à trente ducats, l'autre à vingt, l'autre à dix ;
Et malheur aux plaideurs dont les sages défaites
Refusoient de grossir la liste de ses dettes. (1)
« Amy, luy dit la Nimphe, il faut montrer à touts
» Que le beau sexe en vain ne compte pas sur vous.
» Faites que ma parente épouse ce qu'elle aime.
» Quoyque moindre en beauté, c'est une autre moy
                                             [même.

(1) Avant la perte inévitable de ce procès, M. de Chancel appelait, comme nous l'avons vu (page 18) l'avocat-
général, M. d'Albessard : digne compagnon de l'auguste
et vertueux premier-président ; interprète éloquent des lois
de Thémis ; rempli par la déesse du cœur et de l'esprit de
Caton ; etc.

» Nous ne sommes qu'un sang, jugez par ce lien
» Jusqu'où va pour l'amour son penchant et le mien.
» Vous voyez quels périls menacent sa tendresse;
» Pour peu qu'à ses regards son amant disparoisse
» Et que de sa famille il entende les cris,
» De sa longue constance elle perdra le prix;
» Des chiffres qu'on produit, des fables qu'on raconte,
» Sur son accusateur faites tomber la honte.
» Par un sage artifice assurez son honneur,
» Et faites qu'à vos soins je doive son bonheur. »
Elle dit; et frappé comme d'un coup de foudre
Le juge est immobile et ne sçait que résoudre.
Tandis qu'il garde encore un silence profond,
On voit pâlir trois fois les rubis de son front,
Présents qui trop souvent sont l'unique salaire
Qu'accorde à ses élus la reine de Cithére. (1)
    Comme sur le sommet de ce mont sourcilleux
Qui des malheurs de Troye est encore orgueilleux,
Un berger autrefois, juge de trois déesses,
Après avoir longtems balancé leurs promesses,
Aima mieux en dix ans détruire son païs
Que de ne pas céder aux offres de Cipris :
Tel le juge nouveau, dont l'âme est aussi tendre,
Est longtems incertain du parti qu'il doit prendre.

(1) M. l'avocat-général d'Albessard avait beaucoup de
boutons au visage.

Du célèbre doyen de son illustre corps (1)
Contre sa complaisance il prévoit les efforts ;
Il craint ce que Thémis, par son premier ministre,
Peut faire à l'injustice éprouver de sinistre ;
Que Pontac, que Dussault, et tant d'autres mortels
A qui l'Aréopage eût dressé des autels,
A ses honteux égards pour d'injustes prières
Opposant le concours de leurs sages lumières,
Avant de prononcer sur cet étrange himen
Des chiffres contestés n'ordonnent l'examen.

    La Nimphe, accoutumée à lire dans son ame
Y porte avec ces mots un regard plein de flamme :
« Quel scrupule t'arrête, et d'où vient ton effroy ?
» Est-ce à toy qu'il convient de combattre une loy
» Qui, t'assurant un jour quelque riche conquette,
» D'un mirthe inespéré peut couronner ta tête ?
» Élevé dans un poste à qui tout est permis,
» Manque tu de talents pour servir tes amis ?
» Montre à tes auditeurs la dangereuse suite
» Qu'entraine le malheur d'une fille séduite ;
» Dis leur que son himen ne peut se différer
» Sans achever encor de la déshonorer.
» Et par un dernier trait, digne de ton adresse,
» Prête luy le secours de cinq mois de grossesse.

---

(1) M. de Combabessouze, doyen du parlement et grand
ami de M. de Chancel-Lagrange.

» Qu'elle soit vraye ou non, il n'importe à quel prix
» On hate l'union de deux cœurs bien épris;
» Et celle que j'attends de notre intelligence
» Dépend.... de la surprise et de la diligence.
» Enfin, pour achever de ne te cacher rien,
» Tu tiens entre tes mains ou ton mal ou ton bien.
» Songe qu'à tes pareils d'une femme intrigante
» La haine ou la faveur n'est pas indifférente.
» Tu sçais combien de fois les publiques rumeurs
» Ont censuré ta vie et condamné tes mœurs,
» Et tu n'ignores pas les plaintes méritées
» Qu'au tribunal suprème on a souvent portées.
» Chaque fois que la foudre étoit prête à partir,
» Tu sçais par quel secours on t'en vit garantir;
» Mais ces mêmes secours où ton espoir se fonde
» Peuvent t'abandonner, si je ne les seconde. »
    Elle quitte à ces mots l'étonné magistrat
Qui, suivi de la Fraude, entre dans le Sénat.
Aux rapports odieux qui sortoient de sa bouche,
Ministres de Thémis, que le crime effarouche,
Pouviez-vous croire en luy tant de sécurité
A soutenir des faits qui n'auroient pas été,
Et que vous abusant par le récit d'un songe
Un organe des loix fut celuy du mensonge? (1)

(1) L'avocat-général prétendit qu'il avait découvert que
les écritures en chiffres produites par le père pour accuser
le fils et la bru de desseins contre sa vie avaient été
fabriquées par le père lui-même.

Quand il n'etoit plus tems d'en repousser les coups,
Le jour qu'on vous cachoit a paru devant vous,
Et vous m'aviez fait voir par des signes propices
Que d'un membre izolé vous n'étiez pas complices.
C'est votre authorité qui m'a fait obtenir
Le retour du dépôt qu'il m'osoit retenir, (1)
Et vos bontés pour moy, quoyque tard éprouvées,
Dans le fond de mon cœur seront toujours gravées.
    La Nimphe cependant, se hatant de joüir
D'un succès trop brillant pour ne pas l'éblouïr,
Fait prendre à son époux les ailes de Mercure
Pour aller du roman célébrer la cloture
Et faire exécuter, sans espoir de retour,
L'arrêt qui vient d'unir l'Indigence et l'Amour.

(1) L'avocat-général retenait les lettres et d'autres pa-
piers fournis par M. de Chancel-Lagrange et celui-ci ne
put se les faire restituer que par l'intervention du Parlement.

CHANT SECOND

omme au tems des moissons l'oiseau de Jupiter
Parcourt plus diligent les campagnes de l'air,
Et sur la fin du jour s'abaissant vers son aire
Porte à ses chers aiglons leur pature ordinaire,
Tel le volant (1) porteur de l'arret souhaitté
S'élance tout à coup dans l'habile cité,
Où, par son industrie, ou publique ou secrette,
Chaqu'un de ses moissons répare la disette;
Il ne s'arrête point parmi les curieux
Qui voudroient s'assurer du rapport de leurs yeux.
Il court chez sa parente, à qui dès sa jeunesse
Les romans ont acquis le titre de princesse.
  Dans un réduit obscur, espèce de caveau,
Que n'osoit pénétrer le céleste flambeau,
Une lampe allumée, aux torches de Mégère,

(1) M. Dupin des Lezes, secrétaire de l'Intendance, etait
accusé de concussions.

Rendoit le sombre éclat d'une pale lumière,
C'est là qu'elle cherchoit, dans la fin de mes jours,
Le secret d'assouvir ses brutales amours.
C'est là que distilloient dans de vieilles cornües
Pour des filtres nouveaux des drogues inconnües
Et tout ce dont Alcine eut l'art de se servir
Pour retenir l'amant qu'on vouloyt lui ravir;
Tandis qu'*Aloïia*, les *Lettres portugaises*
Et cent autres reciieils d'amoureuses fadaises
Fournissoient à sa main les passages chéris
Dont elle parsemait ses obscenes écrits.
C'est là que son parent, s'étant fait introduire,
De son sort, par ces mots, se hâte de l'instruire :
« C'est par mes soins ardens qu'en dépit de Thémis
» Vous avez triomphé de touts vos ennemis.
» Bouquier, sur d'égaler lorsqu'il se fait entendre
» Ce Grec qui fit trembler le père d'Alexandre,
» Bouquier, le plus fameux de touts nos orateurs,
» Prétoit son éloquence à vos persécuteurs
» Et faisoit retentir les foudres menaçantes
» Dont l'armoient contre vous vos lettres imprudentes.
» Si Dudon, par malheur, en eut fait le rapport,
» Jugez en frémissant quel seroit votre sort.
» J'ay sçu, pour vous tirer de ce pas redoutable,
» Trouver dans son collègue un juge plus traitable;
» Eloquent, mais toujours guidé par l'interest,
» Sçavant, mais qui jamais n'avoit formé d'arrèt;

» Tandis que son rival, avec moins d'étalage,
» Du Sénat touts les jours entrainoit le suffrage.
» Que ne peut la faveur sur un cœur relaché ?
» Par là j'ay vû le sien à me plaire attaché,
» Par des faits supposés, enfants de sa souplesse,
» Surprendre du Sénat la profonde sagesse,
» Et du plaisir nouveau d'en obtenir les voix
» Joüir pour la première et la dernière fois.
» C'est ainsi qu'à des feux qui passoient pour des crimes
» L'himen fait succéder des ardeurs légitimes;
» Mais avant que l'amour vous porte jusques là,
» Songez que de Caribde on tombe dans Scilla
» Et que les beaux dehors, l'esprit, la bonne mine
» Chauffent bien le cœur, mais non pas la cuisine.
» Vous aurez à combattre un vieillard indigné
» Qui pour pousser un fils n'avoit rien épargné.
» De ce père jaloux de l'honneur de sa race
» Vous avez pris plaisir d'encourir la disgrace,
» Et forçant un guerrier à vos loix trop soumis
» De quitter un beau poste où l'honneur l'avoit mis
» Et qui du plus haut grade où monte la vaillance
» Avoit déjà flatté l'auteur de sa naissance.
» S'il retire la main qui l'avoit soutenu,
» Le remplacerez-vous par votre revenu ?
» Une bru, quatre sœurs, cinq frères, une mère
» Voudront-ils avec vous partager leur misère,
» Et se faire un honneur, chez leurs concitoyens,
» De se priver pour luy de leur peu de moyens ?

» Croyez-moy, croyez-moy, il en est tems encore,
» Faites que sans éclat votre fruit puisse éclore,
» Et, sans vous prévaloir de l'arrêt obtenu,
» Renvoyez cet amant si longtemps prévenu.
» Donnez-moi cet enfant dont le sort m'intéresse;
» Je me charge du soin d'élever sa jeunesse.
» Hé! souvent il vaut mieux, pour être bien placé
» Etre enfant de l'amour que d'un himen forcé. »
  Ces mots la font trembler; la bile qui s'allume
Fait de son sein énorme augmenter le volume
Et joindre sur son front, par un mélange affreux,
Les coins de ses sourcils à ceux de ses cheveux.
« D'un cher parent, dit-elle, et d'un ami si tendre
» Sont-ce là les conseils que je devois attendre?
» Après plus de dix ans que mon cœur s'est livré
» A la foy d'un himen si longtems désiré,
» Le Ciel qui n'honoroit ma couche d'aucun gage
» De la fécondité m'accorde l'avantage.
» Je porte dans mes flancs, depuis près de cinq mois,
» Un fruit du tendre amour dont mon cœur suit les loix,
» Et vous n'ignorez pas avec quelle allégresse
» J'ay publié partout mon heureuse grossesse.
» Vous voulez cependant qu'un sordide interest
» M'empesche de joüir du fruit de mon arrêt,
» Et que d'Hector vivant veuve prématurée,
» De tout ce que j'aimois lachement séparée,
» Je livre au fer des Grecs qui viennent m'assaillir
» Ce cher Astianax que je sens tressaillir.....

» Non, non, ne croyez pas que d'une ame commune
» J'attache mon bonheur aux dons de la fortune,
» Ni que l'ambition flatte assez mes désirs
» Pour vouloir à Bellone immoler mes plaisirs,
» C'est par là que Vénus a pour moy plus de grace
» Dans les bras d'Adonis que du dieu de la Thrace.
» J'aime mieux voir Hercule entouré de fuseaux
» Que courir triomphant de travaux en travaux,
» Et je refuserois tout l'or des Hespérides
» S'il m'étoit présenté par des mains homicides.
» Il est des biens plus doux pour des cœurs bien unis :
» Leurs plaisirs répétés aussitost que finis,
» Mille nouveaux serments, mille aimables caresses,
» Ont plus d'attraits pour moy que l'éclat des richesses.
» Contents de nous nourrir du lait de nos brebis
» Et d'avoir leurs toisons pour filer nos habits,
» Nous renouvellerons dans toutes ces contrées
» Les beaux jours du Lignon dans le temps des Astrées.
» Nos noms, entrelacés de chiffres amoureux
» Gravés sur les tilleuls, y croîtront avec eux.
» A l'envi de Médor, à l'envi d'Angélique
» Nous chercherons ensemble une grote rustique
» Qui, fidèle témoin du bonheur de nos jours,
» Instruise l'avenir de nos tendres amours.
» Voilà ce qu'une mère a transmis à sa fille
» Et ce que je vais dire à toute ma famille. »
　　Elle sort à ces mots de son obscur réduit
Et monte dans la sale où son parent la suit.

De ses autres cousins une étrange cohüe,
Pour la féliciter, attendoit sa venue.
Là, sur chaque visage on retrouvoit les traits
Dont Molière anima ses risibles portraits.
Parmi ces Pourceaugnacs, tant males que femelles,
Etoíent des trésoriers, singes des Sganarelles,
Des bourgeois orgüeilleux d'imiter les Jourdains,
Et des maris connus pour des Georges Dandins.
   Vous qui ne m'inspirez que des chants héroïques,
Dispensez ma pudeur, ô Déesses pudiques,
De détailler les faits, les employs, et les noms
Des Martins, des Pélats, des Russes, des Tourons,
Et souffrez que je laisse aux théatres comiques
L'art de représenter ces figures chimiques.
« Amis, dit la princesse en élevant la voix,   ·
» Parents qu'à mon secours j'employay tant de fois!
» Partagez avec moy le bonheur et la joye
» Que par un juste arrêt la Fortune m'envoye.
» Je trouve un cher époux dans un amant aimé;
» Le fruit de nos amours sera légitimé.
» Car c'est dans la famille un titre héréditaire
» De suivre après cinq mois les nôces d'une mère.
» C'est ainsi que la mienne, en me donnant le jour,
» Vit l'himen réparer les fautes de l'amour.
» A marcher sur ses pas je me suis enhardie,
» De suivre ses leçons je me suis applaudie,
» Et j'ay lieu d'espérer qu'approuvant cette loy
» Les filles que l'himen faira sortir de moy

» Auront assez d'esprit et de charmes peut-être
» Pour ne pas démentir le sang qui les fit naitre.
» On vouloit toutefois, dans le manque de biens,
» Me fournir des raisons pour briser mes liens;
» Mais ce sont des raisons qu'un tendre amour déteste.
» Deux cœurs qui s'aiment bien, méprisent tout le reste.
» Je ne suis pas d'humeur à rejeter la foy
» D'un amant resolu de tout quitter pour moy.
» Et quoyque d'Héloïse on vante l'héroïsme,
» Je ne me pique pas du même fanatisme.
» Il me faut un époux, je le tiens, je le veux :
» Ou nous mourrons ensemble, ou nous vivrons
                                        [touts deux;
» Et j'ose en attester, devant cette assemblée,
» Et le dieu des jardins et l'ane d'Apulée. »
    En achevant ces mots, la sçavante sourit.
Chaqu'un dans ce serment admire son esprit,
Et la félicitant de ce qu'il vient d'entendre
Y trouve des beautés qu'il ne sçauroit comprendre.
D'une commune voix l'assemblée applaudit
A tout ce qu'elle pense, à tout ce qu'elle dit.
La mère avec transport embrasse son élève,
Et chacun est d'avis que la feste s'achève.
On ne diffère plus que jusqu'au lendemain,
Et l'on va travailler aux apprêts d'un festin
Où du vin et des mets le goût et l'abondance
Doivent être suivis d'une longue abstinence.

CHANT TROISIÈME

Cependant des parents la troupe retirée
Laisse aux plus doux transports la Princesse
[livrée.
Des articles réglés par leur consentement
Elle court empressée avertir son amant,
Qui peut-être, étonné d'un si prompt himénée,
En eut vû sans chagrin différer la journée,
Et mis peut-être au rang de ses plus chers souhaits
Quelqu'obstacle assez fort pour ne la voir jamais.
  Comme on voit dans le port, à l'abri de l'orage,
Ceux dont l'espoir du gain excite le courage,
Avides de courir aux climats étrangers,
De Neptune et des vents mépriser les dangers;
Mais dès qu'en pleine mer une tempête horrible
Menace leur vaisseau d'un naufrage infaillible,
L'effroy qui les saisit dans cette extremité
Leur apprend tout le prix du port qu'ils ont quitté.
Ainsi, pret à former l'indissoluble chaine

4

Qui prépare au guerrier une éternelle gêne,
De son aveugle erreur à demi revenu,
Il frémit d'un péril qu'il n'avoit pas connu.
Elle, sans s'amuser à lire sa pensée,
Aux apprets de sa noce étoit trop empressée.
Aussi, sans prolonger ces frivolles discours
Qu'on répète à toute heure et qui plaisent toujours,
Pour des soins plus pressants sa bouche satisfaite
Par un tendre baiser annonce sa retraite,
Et pour le jour suivant, qui luy sera plus doux,
Ménageant à propos les forces d'un époux,
Son adresse attentive à tout ce qui la touche,
Luy défend cette nuit de partager sa couche.
Mais qu'une nuit est longue et cruelle à passer
Quand mille objets confus viennent la traverser,
Et que dans ce guerrier il n'est point de pensée
Que celle qui la suit n'ait bientost effacée !
Il voudroit quelquefois que le flambeau du jour
Fut longtemps retenu dans l'humide séjour,
Et que de cette nuit la course moins rapide
Rappellat aux humains la naissance d'Alcide.
    Déjà l'oiseau crété, par la nature instruit,
Luy marquoit par son chant la moitié de la nuit
Lorsqu'il sent dans sa chambre une odeur d'ambroisie,
Préférable aux parfums qu'enfante l'Arabie,
Et que dans un éclat réservé pour les dieux
Son frère égal à Mars se présente à ses yeux.

Il portoit sur son front cette héroïque audace
Qui luy fit de la mort affronter la menace,
Lorsqu'après des efforts au dessus de l'humain
Il teignit de son sang les rivages du Mein.
De la faveur des roys les marques passagères
N'étoient de ses honneurs que des ombres légères.
Il tenoit dans ses mains des lauriers éclatants
Qui ne redoutoient point les injures du tems,
Et de chaque blessure autrefois meurtrière
Sortoient, au lieu de sang, des rayons de lumière.
    Son frère a cet objet moins surpris que charmé
Se hâte d'embrasser ce frère bien aimé,
Et trois fois emporté de l'ardeur la plus vive,
Il n'embrasse trois fois qu'une ombre fugitive.
« Cher frère, luy dit-il, dans ces tendres moments,
» Pourquoy vous dérober à mes embrassements?
» Pour m'appeller à vous, est-ce ma dernière heure
» Qui vous a fait quitter la céleste demeure?
» Ou veniez-vous instruit de mon fatal penchant
» Augmenter mes remords en me le reprochant?
» Votre perte, cher frère, a causé mon naufrage,
» Tandis que votre exemple anima mon courage
» J'ay taché d'imiter vos exploits généreux;
» Mais, hélas! votre mort nous a perdu touts deux. »
Ses sanglots et les pleurs qui baignent son visage
Ne luy laissent qu'à peine entendre ce langage :
» Frère ingrat, fils rebelle, ai-je entendu ta voix?

» M'attendois-je à te voir, démentant tes exploits

» De vengeur de ton sang, ennemi de ta race,

» Commencer en Rodrigue et finir en Pharnace?

» Quelle aveugle fureur s'empare de tes sens?

» Pour un him en forcé, pour des nœuds flétrissants,

» Se peut-il qu'insensible aux larmes d'une mère

» Tu portes le poignard dans le sein de ton père?

» Si celle qui t'engage à leur ravir le jour

» Avoyt brûlé pour toy d'un véritable amour,

» Des bienfaits d'un grand roy détournant la mémoire

» T'auroit-elle écarté du sentier de la gloire?

» Des foyers paternels t'auroit-elle exilé?

» Que dis-je.... Dans son lit t'auroit-elle appellé

» Pour courir un pays que de moindres années

» Auroient fait éviter à des ames bien nées?

» Et dans quel tems encor? dans le cours d'un procéz

» Où tout la menaçoit d'un funeste succéz.

» Qu'elle autre n'auroit fui cette tache éternelle

» Au moment d'un arrêt qui pût tourner contre elle?

» Et quel cœur que le sien pouvoit être orgüeilleux

» Du fruit qu'elle conçut dans ce temps perilleux?

» Celuy qui pour complaire à vos feux sacriléges

» Viola de Thémis les chastes priviléges,

» Par des feux plus puissants victime de la mort,

» Des deux fils d'un grand prêtre auroit subi le sort.

» Mais on vit ce que peut la plus sainte des mères

» Quand pour ce cher coupable, enfant de ses prières,

» Comme une autre Monique, ardente à s'employer
» Elle arrêta le bras qui l'alloit foudroyer.
» Penses-tu que le Ciel avec des yeux propices
» Voye un himen formé sous de si noirs auspices?
» Fuis plutost, fuis le joug qu'on cherche à t'imposer.
» Du printems de tes jours tu peux mieux disposer.
» Montre à touts ces mortels, qu'à ton ardeur guerrière
» Mars peut ouvrir encor une illustre carrière.
» La Prusse a sur son trone un roy victorieux
» Sur qui tout l'univers a maintenant les yeux :
» Protecteur des vertus, la sienne se signale
» A tendre à ses pareils une main libérale.
» C'est là que les honneurs qui te seront offerts
» Peuvent seuls réparer la honte de tes fers;
» Et je vais t'y conduire avec le même zèle
» Que Tobie éprouva de son guide fidèle....
» Ton Armide s'approche et ce bruit te l'apprend,
» De ce dernier assaut ta fortune dépend.
» Si, pareil à Renaud, j'obtiens que tu la quittes,
» Ne crains plus ni son art ni les cinq satellites;
» Mais si de mon secours tu suspends les efets
» Je te laisse à tes fers et te fuis pour jamais. »
    Il dit; et les esprits soumis à la Princesse
L'avertissent bientost du péril qui la presse.
Furieuse, elle sort de son appartement,
Et les cheveux épars aborde son amant
Dans le tems qu'écoutant un conseil salutaire,

Il s'apprête à marcher sur les pas de son frère.

« Où vas-tu, lui dit-elle, et qu'est-ce que je voy?

» Ingrat, que t'ay-je fait pour t'éloigner de moy?

» Je t'ay pris pour époux, sure que l'himenée

» Dépend de la parole et reçue et donnée.

» Pour n'avoir pas au temple allumé ses flambeaux

» Je n'ay pas cru nos feux ni moins purs ni moins beaux,

» Et je n'ay pas compté sur des cérémonies

» Qui n'auroient pas rendu nos ames mieux unies.

» Mais depuis que l'amour a produit dans mon flanc

» Un fruit qu'il a formé du plus pur de ton sang,

» Voudrois-tu l'asservir au titre illégitime

» Qu'attache à sa naissance une injuste maxime?

» En fuyant un himen si près d'être achevé,

» Du rang de tes ayeux veux-tu le voir privé,

» Et que ses jours suivis d'une longue misère

» Etalent en touts lieux la honte de sa mère?

» Non, non; de ce malheur que j'attendois le moins

» Mes yeux, mes tristes yeux ne seront pas témoins.

» Les Philis, les Saphos m'ont assez disposée

» Au parti que doit prendre une amante abusée.

» Si l'amour, si l'honneur ne peuvent rien sur toy,

» C'est en perçant ce cœur, qui comptoit sur ta foy

» Qu'à d'éternels remords je veux livrer ton ame

» Et t'oter d'un seul coup et ton fils et ta femme. »

    Elle dit, et ses yeux ayant de toutes parts

Lancé des traits de feu plutost que des regards,

Elle tire un poignard dont la lame émoussée
Dans le creux de son manche est d'abord repoussée,
Et par qui Melpomène a l'art ingénieux
Et de toucher les cœurs et de tromper les yeux.
L'amant ne peut tenir contre cet artifice,
Il vole promptement au secours de l'actrice;
De toute autre pensée il détourne les yeux,
Et son frère indigné remonte dans les cieux.

CHANT QUATRIÈME

Sitost que la déesse au visage vermeil
Eut ouvert l'Orient aux coursiers du Soleil,
La Pauvreté s'éveille, et sa faim éternelle
S'applaudit des apprêts que l'Himen fait pour elle.
Sans que, dans son triomphe, elle puisse éviter
De noirs pressentiments qui viennent l'agiter,
Elle sçait que ce dieu, de ses torches pompeuses,
N'éclaire qu'à regret les noces diséteuses,
Que dans la pauvreté s'éclipsent les beaux jours,
Et qu'elle est le tombeau des plus tendres amours.
Elle craint que l'amant, quelqu'ardeur qui l'anime,
Ne prenne enfin contre elle un parti légitime,
Et que, pour la confondre, il n'échappe à des nœuds
Que d'éternels besoins ne sçauroient rendre heureux.
Alors, de ses parents surmontant la foiblesse,
Elle court au logis qu'habite la Princesse.
Loin des meubles abjects qu'elle y trouva toujours,
Elle n'y voit briller que de riches atours.

Elle croit que Plutus ou quelqu'autre génie
D'un lieu qu'elle chérit l'a pour jamais bannie;
Mais en examinant ces dehors peu communs,
Elle en voit les revers et connoit les emprunts.
« Princesse, luy dit-elle, à qui mon assistance
» A donné la santé que détruit l'opulence,
» C'est à moy que tu dois ces talents précieux,
» De la seule indigence enfans industrieux,
» Qui sans bien, sans appas et meme sans jeunesse
» Des mirthes de l'himen couronnent ton adresse.
» Mais ne comptes pas trop sur cet heureux moment,
» Si de nouveaux efforts n'arrêtent ton amant.
» Tu sais combien d'amis peu touchés de ses peines,
» Luy font craindre un himen dont je forme les chaines,
» Et combien de périls menacent ses amours
» De passer avec moy le reste de ses jours.
» Dans ses troubles divers dont son ame est emüe
» Si je puis l'aborder sans en etre connüe,
» Sure que mes conseils pourront le détourner
» De ceux que contre nous on cherche à luy donner.
» Fais que mes vieux lambeaux et ma décrépitude
» Prennent pour se produire une forme moins rude,
» Et qu'un état plus propre à m'en faire écouter
» Me présente à ses yeux sans les épouventer. »
     La Princesse à ces mots, qu'elle approuve de reste,
Luy donne de son frère et le port et le geste,
Ses clinquans non payés et ses airs résolus

Qui le font distinguer aux foires de Chalus.
La louve en cet état se hatant de paroître
Voit celuy qu'elle cherche auprès d'une fenêtre,
Où, le visage sombre et l'œil presqu'égaré,
Du reste de sa troupe il s'étoit séparé :
« Est-ce ainsi, luy dit-elle, en un jour d'allégresse
» Qu'on doit voir sur ton front des marques de tristesse?
» Haï de tes parents, tu sembles t'étonner
» De n'avoir à ma sœur que ton cœur à donner;
» Mais ce cœur nous suffit : généreux et fidèle,
» Il vaut seul touts les biens que tu quittes pour elle.
» Il n'en est point icy qui ne te soient communs :
» Nos caves, nos greniers, et même nos emprunts.
» Quand ils nous manqueront, il est dans ces contrées
» Pour ceux de notre rang des coutumes sacrées,
» Qui leur font promener de chateaux en chateaux
» Leurs femmes, leurs enfans, leurs chiens et leurs
                                        [chevaux.
» Pendant que nous fairons ces longues caravannes,
» Ton père peut descendre au royaume des manes :
» Ce vieillard, dont la mort nous rendrait touts contents,
» A trop longtems vêcu pour vivre encore longtems.
» Qui sçait, avant sa mort, le parti qu'il destine
» Au fruit que dans cinq mois nous a promis Lucine?
» Mais quand même par là tu n'avancerois rien,
» Il ne peut t'enlever la tierce de son bien.
» Ma sœur, en l'augmentant par son œconomie,

» Peut t'aider à braver la fortune ennemie,
» Et faire succéder à ces brillants fracas
» L'amour de la retraite et l'horreur des combats.
» Avec un bien modeste, une paisible vie
» Pour deux cœurs bien épris est plus digne d'envie
» Que s'il leur arrivoit, en cessant d'être épris,
» L'opulence d'Atale ou celle de Paris. »
    Alors les deux amis, redoublant leurs caresses,
Confirment par serments leurs nouvelles promesses.
La Princesse, cédant à ses brulants désirs,
Vient de leur entretien augmenter les plaisirs.
Plus de retardement : de l'himen qui s'aprête
Il faut que tout à l'heure on célèbre la fête,
Et qu'un cœur dont l'amour a troublé la raison
Achève d'avaler le reste du poison.
    Muses, dispensez-moy de raconter le reste ;
Ma force m'abbandonne à cet objet funeste.
Par ma tremblante main quels écrits sont tracés
Qui ne soient aussitost par mes pleurs effacés,
Et que ma voix plaintive et ma douleur trop tendre
N'étouffent tous les sons que ma lyre veut rendre ?
    O fils infortuné ! Pour ne m'avoir pas crû,
Un bonheur comme un songe a bientost disparu.
Héritier de mon bien et de mes destinées
Qui t'ont fait acüeillir des têtes couronnées,
Quand tout sembloit te rire et te favoriser,
Regarde à quel écüeil tu t'es venu briser.

Vois ceux qui te flattoient avec tant d'industr ie
Pour te débarrasser d'une vieille furie
Joindre à ce don fatal le plaisir d'opprimer
Un lion que l'amour a laissé désarmer.
Vois ce dieu qui s'enfuit en voyant la cabanne
Où pour tout entretien leur haine te condane;
Vois, comme les plaisirs, s'envolant après luy,
Il ne te reste plus que la honte et l'ennuy
De voir la pauvreté dont ta honte est suivie
Consumer lentement le flambeau de ta vie.
Ainsi le Ciel punit tout enfant criminel
Qui ne répondant pas à l'amour paternel
Sacrifie à des loix dont sa gloire murmure
Celle que luy prescrit l'Auteur de la nature. (1)

---

(1) Il est bon d'ajouter que malgré les prédictions du
poëte, le mariage de son fils ne fut pas malheureux, et
que la famille des Martin de Nantiac, qui passe pour une
branche des Martin de Tyrac, n'était pas tout à fait
indigne d'une alliance avec celle des Chancel.

RECUEIL DE PIÈCES

RELATIVES A UNE

DEMANDE DE DÉGRÈVEMENT D'IMPOTS

1750—51

LETTRE

DE François-Joseph DE CHANCEL
A M. PAPILLON DE FONPERTUIS
Intéressé dans les affaires du Roy
A BORDEAUX

J'ai apris, Monsieur, avec beaucoup de plaisir que vous étiés de retour de votre voyage de Paris, je suis revenu d'un voyage qui auroit été plus long que le votre, (1) si le ciel n'avoit daigné me rendre encore pour quelque tems aux prieres de mes amis et des bonnes ames qui ont bien voulu s'interesser pour moy.

(1) M. de Chancel sortait d'une longue et dangereuse maladie.

Aujourdhuy je suis menacé d'une saisie sur mes fruits, qui après cinq ans de disette, où je n'ai rien recueilli, me mettroit dans un etat pire que celui dont je suis sorti, si vous n'employés vos bons offices pour me faire mettre au nombre des non valeurs, ainsi qu'on me l'a fait toujours esperer.

Je suis bien assuré que M. Dupin (1) ne me sera pas contraire, si vous avés la bonté d'en conferer avec lui. J'attens tout d'un ami aussi genereux que vous, dont j'ai l'honneur d'être avec l'attachement le plus respectueux, Monsieur, le tres humble et tres obeïssant serviteur

LAGRAGE CHANCEL

A. Perigueux ce 3 fevrier 1750.

(1) M. Dupin des Lezes, secrétaire du célèbre intendant de Guyenne M. de Tourny, était cousin de la femme que venait d'épouser M. de Chancel, fils.

A MONSIEUR DE TOURNY

INTENDANT DE GUYENNE

Par M. de Lagrange-Chancel, de Périgort. (1)

N'en doute point Tourni dans ces rudes contrées
Tant d'embellissements nouveaux :
Des chemins élargis, des villes restaurées,

(1) Cette pièce a été transcrite dans un recueil factice de poésies, imprimées à Bordeaux, en 1744 et 1745, qui fait partie de la Bibliothèque publique de Bordeaux, où il est inscrit sous le n° 8436. Le volume contient aussi un exemplaire des vers de M. de Chancel : *Epitre au Roi sur la bataille de Fontenoy*, poëme dont l'impression en format in-4, n'est pas connue des bibliographes. L'existence de ces vers m'a été signalée par un bibliophile infatigable, M. l'abbé Louis Bertrand, dont l'obligeance égale le savoir et que je prie de recevoir ici tous mes remerciments. Le même recueil contient une note et des vers manuscrits écrits à la fin d'un exemplaire de la 4e édition du poëme de Voltaire sur la bataille de Fontenoy, édition publiée à Bordeaux, par Jean Chappuis, en huit pages in-4, avec l'autorisation de M. de Gères, jurat, datée du 4 juin 1745. Il est probable que cette note et ces vers sont de M. de Chancel, mais nous n'osons pas l'affirmer. Nous les donnons tels quels :

M'invitoient à chanter de si nobles travaux; (1)
   Mais conçois-tu l'horreur extrême
D'un cygne, plus instruit que blanchi par les ans,

« Dans le deluge de vers qui furent faits sur la bataille
» de Fontenoy, il n'a gueres paru de piece plus maussade,
» plus negligee, plus adulatrice et plus fausse que ce poëme
» cy; il n'est pas etonnant qu'il ait plû une nue de criti-
» ques en différents gouts sur les éditions diffrentes et
» précipitées de ce poëme; on l'appella une *gazette rimée*.
» On en vit 5 en 8 jours, et l'on étoit à la 8e, en juillet
» 1745, quand les vers cy-dessous parûrent. On fit une
» critique de ce poëme sur presque toutes les mêmes
» rimes, intitulé : *Les héros modernes*, en faveur des
» soldats qui y estoient tous nommés par leur nom de
» guerre, avec des nottes et des explications plaisantes et
» comiques, imprimée dans le *Voltariana*, en Hollande,
» et Paris, en 1748. »

Lorsqu'on veut en dépit des loix
  Griffoner des vers à la hâte,
Qu'en arrive-t-il? On les gâte
Autant qu'on les change de fois.
Mais icy ce n'est pas de même,
Chaque nouvelle edition,
Avec une vitesse extreme,
Ne court qu'à la perfection.
Esperons donc qu'à la centième
Graces au critique lecteur
Nous pourrons voir un beau poëme.

AUTRE

Je ne censure point ce poëme où Voltaire,
  Prodigue d'un flatteur encens,
  Donne des soufflets au bon sens,
C'est là son allure ordinaire.

(1) M. de Tourny, intendant de Guyenne, de 1743 à
à 1758, ne s'est pas seulement illustré par les embellissements exécutés à Bordeaux, mais aussi par les améliora-

Lorsqu'un vautour armé des foudres du dixième (1)
　　Vient interrompre ses accents?
Jusqu'icy mes talents et mon humble fortune
M'avoient fait excepter de cette loy comune;
　　Quelque droit qu'on eut imposé
　　Sur touts les fruits de cet empire
　　On ne s'estoit point avisé
　　De dixmer les sons de ma lyre;
On sçait que mes rochers n'abondent qu'en lauriers (2)
Je les ay prodigués dans toutes ces allarmes
　　A ceux dont les travaux guerriers
　　Soutenoient l'honneur de nos armes.
Aujourd'huy, que d'un fils les exploits superflus
Ont payé de son sang les malheurs de la France
　　Juges s'il est en ma puissance
De donner à l'Estat quelque chose de plus?
Crisés (3) fit voir aux Grecs quels sont les priviléges

ions accomplies dans toutes les parties de la généralité de
Guyenne, et c'est aux travaux exécutés en Périgord, que
M. de Chancel fait allusion.

(1) Ce vautour était, comme nous l'allons voir, monsieur Delpy de Laroche.

(2) Réminiscence des vers célèbres de P. Menard :

> Que faire de mon isle? il n'y croit que des saules
> Et tu n'aimes que les lauriers.

(3) Crisés ou Chrysés, prêtre d'Apollon, au moment où
les Gaulois après avoir franchi les Thermopyles, essayè-
rent en vain de piller le temple de Delphes.

De ceux qui d'Apollon recognoissent les loix;
Tu scais comme il punit nos ayeux sacriléges
De l'or, que dans son temple ils prirent autrefois;
J'apréhende pour toy qu'un zèle trop rigide
  Ne te laisse pas voir assés,
Que le lieu que j'habite est une autre Phocide
  Qui peut renouveller les prodiges passés;
Choisis donc aujourd'huy quel party tu veux prendre;
  Ou d'immortaliser ton nom,
Par l'éclat que sur toy mon encens peut repandre;
Ou de faire gemir tout le sacré vallon
D'une severité qui n'a pas du s'étendre
  Sur le domaine d'Apollon?

LETTRES

DE MM. DUPIN DES LEZES ET DE CHANCEL

algré les démêlés poétiques et judiciaires qui avaient éclaté entre MM. de Chancel, père et fils, M. de Chancel de Nizor avait écrit, en faveur de son père, à M. Dupin des Lezes, secrétaire de l'Intendant, et celui-ci lui avait répondu, le 19 mars 1750, comme le prouvent les lettres suivantes, tirées des Archives départementales de la Gironde :

« Vous prenés, mon cher cousin, l'affaire de monsieur votre père presque aussi mal que lui. Où diantre trouvés vous que monsieur de Tourny ne l'a laissé en repos, pendant les années que monsieur Papillon a été directeur, que pour avoir ocasion de signaler sa puissance en faisant voir

qu'il ne craignoit point de faire des avanies à un
homme de lettres et de l'écraser après l'avoir
humilié : Est ce l'affaire de M. de Tourny de voir
si M. de Lagrange a payé son dixième ou non?
N'est ce pas celle du receveur des tailles, forcé de
faire l'avance de sa cotte, et s'il ne paye pas, de
diriger ses poursuites contre luy ?

» Voulés vous que je vous dise d'où vient le mal?
C'est de la sotte complaisance de M. Delpy, qui a
laissé acumuler des arerages depuis six ou sept
ans, pour près de cent mille francs, et qui demande
aujourd'huy des ordres très rigoureux... s'il avoit
fait chaque année les poursuites de droit, il ne
seroit point du d'arérages aussi exhorbitans. Il a
craint de se brouiller avec tel marquis, tel comte,
tel baron, (car, Dieu mercy, le Perigord en four-
mille) et le voila contraint, pour ainsi dire, de les
égorger pour être payé de ce qu'ils lui doivent.
J'en ai l'état devers moy, cela fait horreur. »

*Ces raisonnements ne convainquirent point M.
de Chancel. Le 20 juin 1750, il écrit au Ministre (1) : — qu'il s'est ruiné pour entretenir ses
deux fils au service, où l'ainé est mort; que depuis*

_____

(1) Le controleur général des finances, en 1750, était
Jean-Baptiste de Machault, seigneur d'Arnouville, né en
1701, mort en 1794.

cinq ans, la disette l'a obligé de nourrir ses mé-
tayers, et qu'en considération de ces faits, M.
Papillon, directeur du dixième à Bordeaux, avait
prié M. Delpy de Laroche, conseiller au parle-
ment et receveur du dixième en Périgord, d'en
exempter le requérant; cependant, au sortir d'une
longue maladie, il a appris que les promesses qui
lui ont été faites ne seront pas tenues, et il implore
la protection du Ministre.

Un an plus tard, le 25 juin 1751, M. de
Chancel écrivait, à peu près dans les mêmes termes,
à un de ses protecteurs à la cour :

Monsieur,

Vous portés un nom si cheri des gens de lettres
et si respecté du public qu'un pauvre gentilhomme, agé de soixante dix sept (1), est fortement
persuadé de la justice que vous lui rendrés dans un
cas unique, et qui, par sa singularité, est d'autant
plus digne de votre attention.

Le sieur Papillon touché de ma triste situation,
et sachant que j'avois epuisé toutes mes ressources
pour soutenir deux fils au service, où j'avois eu le
malheur de perdre mon ainé, crut faire un acte de

(1) Il n'en avait que 74.

charité en m'assurant, par une de ses lettres, que je n'entendrois plus parler du Dixieme, et que pour cet effet il alloit prendre des arrangemens avec le sieur Delpy de Laroche, qui joignoit la qualité de conseiller au Parlement avec celle de receveur des Tailles de ce'te province : en consequence de ces promesses le sieur Estor fut chargé par l'un et par l'autre de me coucher sur le rolle des non valeurs.

Cependant, après la fin de la guerre, on ne laissa pas de me demander le payement de tous les arrerages acumulés, et dont je me serois aquité d'année en année, si l'on n'avoit pas si cruellement abusé de ma bonne foi. Les gens d'affaires n'ont-ils pas assés d'avantages sur de pauvres particuliers, tels que moi, sans se croire encore autorisés dans leurs manquemens de paroles? Et pourquoi les donnent-ils, même par écrit, s'ils n'ont ni le pouvoir ni la volonté de les tenir.

M. le cardinal de Tencin et M. le comte de Saint-Florentin trouvèrent mes raisons si justes qu'ils me promirent de les faire valoir auprès de M. le Controlleur-général; j'en écrivis même à ce ministre, et quoique je n'aye l'honneur d'etre connu de madame la marquise de Pompadour que par quelques ouvrages qui peuvent avoir été jusqu'à elle, je crus que la protection qu'elle accorde si

généreusement aux gens de lettres pouroit s'étendre
jusqu'à moi. Enfin j'engageai M. le maréchal de
Richelieu de présenter au Roi le placet en vers
dont j'ai l'honneur de vous envoyer la copie.

J'ai lieu de croire que toutes mes tentatives ne
m'ont pas été inutiles, puisque, jusqu'à present,
on ne m'a plus rien demandé, et que M. de Tourny
lui meme eut la bonté de m'assurer qu'il ne me
seroit pas contraire; mais, comme nous avons ici
deux nouveaux receveurs qui pourroient n'être
pas instruits de toutes ces circonstances, j'ai cru
qu'il importait à toute la province, qu'un Ministre
tel que vous connut avec quelle hauteur en usoit
ici leur prédécesseur, de sorte que sans entrer dans
des détails qui ne lui seroient pas avantageux, je
me contenterai de vous envoyer une de ses lettres,
par laquelle il prétend n'avoir pour superieurs que
le Roi, M. le Chancelier et les Chambres assem-
blées des parlemens du royaume; comme si vous
n'étiés pas en droit de désabuser un receveur des
tailles d'une presomption si déplacée et de remettre
entre lui et le sieur Papillon la discussion des
prétendus arrérages dont l'un et l'autre m'ont
promis de me tenir quitte.

C'est ce que j'espere, Monsieur, de votre amour
pour la justice, et qu'en conséquence vous voudrez
bien ordoner aux nouveaux receveurs, qui sans

doute vous reconoitront pour leur superieur, de
recevoir le payement de mon vingtième que j'ai
interest de ne pas laisser grossir, pour ne pas
retomber dans les peines que je ne meritais pas
d'essuyer.

J'ai l'honneur d'être avec un très profond respect,

Monsieur,

Votre tres humble et tres obeissant serviteur,

·   LAGRANGE-CHANCEL

A Perigueux, ce 25 juin 1751.

A *MONSEIGNEUR*

LE CONTROLLEUR-GÉNÉRAL
MINISTRE D'ÉTAT

PLACET

Moi qui pour augmenter la grandeur de la France
Joins les nerfs de la guerre et ceux de la puissance
Et qui ne rends Louis, le plus riche des rois
Que pour le preparer à de nouveaux exploits,
Je l'avoüe, o! Machaut, mon indigence extreme
Ne pouvant soutenir le fardeau du dixieme,
Tout soumis que je suis aux ordres de mon Roi,
J'ai cru m'en garentir par d'autres que par toi,
Et j'ai trop écouté de trompeuses sirènes
Qui m'ont presque égorgé par des promesses vaines.
Contre ces ennemis du repos de mes jours
J'aurois de la justice imploré le secours
Si ma faute à tes yeux devant être exprimée

De ton austerité n'eut craint la renomée;
Mes enfin mes remords dissipant mon effroi
Me font tout esperer d'un juge tel que toi.
Fai voir que tour à tour bienfaisant et rigide
L'esprit de la justice est le seul qui te guide,
Et que, s'il est des tems pour ta severité,
Il en est de plus doux où ton humanité
Moderant des rigueurs que ton cœur desavoüe
Par des traits de bonté merite qu'on te loüe.

AU ROI

Grand Roi, pour qui ma lire ardente à s'employer
N'a point vu de perils qui pussent l'effrayer,
Tu sçais qu'à ce devoir qui m'aquit quelque estime
Mon cœur n'a point borné le zèle qui m'anime.
Je n'avois que deux fils. Les armes à la main,
L'un a teint de son sang les rivages du Mein,
Et si Bellone, encore avide de carnage
A de nouveaux exploits excitoit ton courage,
Tu verois que le mien n'est pas moins excité
A te donner encor le fils qui m'est resté.
Cependant, qui l'eut cru? Dans mes sombres retraittes
On veut mettre le comble aux pertes que j'ai faittes;
Après m'avoir flatté de n'exiger de moi
Que l'encens eternel que j'y brule pour toi,
A cet espoir fondé sur de justes promesses
Des plus cruels refus succedent les rudesses.
Je voi fondre sur moi les assauts eclattans

D'un orage grossi du calme de huit ans.
Comme si le Pactole avec son or liquide
Coulait dans le desert qui me sert de Phocide,
Où pour toute moisson je n'ai que des lauriers,
Qui, dignes d'être offerts à tes travaux guerriers,
Me flattoient qu'envers toi les dons de mon genie
Me tiendroient lieu des dons que Cérés me dénie.

Ne souffre pas, grand Roi, qu'au déclin de mes ans
On vienne me charger de fardeaux trop pesans.
Dans les murs des Thebains, si d'un ordre barbare
Leur vainqueur excepta les foyers de Pindare,
Fai voir qu'en tes bontés m'offrant le même apui
Tu te fais un devoir de penser comme lui,
Et que tu n'entends pas que d'injustes surprises
M'enlevent les douceurs qui m'ont été promises.
Souvien-toi que jadis l'empire des Cesars
Dut sa chute au mepris qu'ils eurent pour les arts,
Et que ton devancier, plus digne de memoire,
Dut au bien qu'il leur fit la moitié de sa gloire!

Il est probable que M. de Chancel obtint enfin le dégrèvement qu'il sollicitait avec une insistance qui n'est pas sans dignité. Les Archives départementales de la Gironde n'en conservent pas la preuve, mais elles contiennent encore deux lettres qui permettent de supposer que le poète parvint enfin ar but qu'il poursuivait.

L'une de ces lettres constate, que le 31 juillet 1751, M. de Courteille écrivit de Paris à M. de Tourny, que les réclamations de M. de Chancel-Lagrange lui paraissaient mériter quelque considération; et l'autre, que le 2 septembre 1751, M. Gaudry écrivit à M. Papillon de Fontpertuis, qu'aussitôt que M. de Courteille aura pris une décision définitive en faveur de M. de Chancel-Lagrange, M. de Tourny sera chargé de proposer les expédients les plus convenables.

TABLE DES MATIÈRES

ERRATA

Page 3 *ligne* 23 Jean-François. *lisez* : François-Joseph.
    4   6   —   —
    5   10 Charles-François-Joseph. *lisez :* Charles-
                             François-Victor.
  9 à 31 *ligne* 1 J.-F.. *lisez :* F.-J.

ACHEVÉ D'IMPRIMER

LE DEUX AOUT MIL HUIT CENT SOIXANTE-DIX-HUIT

Par J. CHOLLET, à Sauveterre-de-Guyenne.

Il a été fait du Portrait de F.-J. de Chancel-Lagrange dessiné et gravé à l'eau-forte par P. Teyssonnières, un tirage AVANT LA LETTRE :

　　5 exemplaires sur papier Japonais.
　10　　—　　sur papier de Chine.
　50　　—　　sur papier de Hollande.